卡奇作品

生森林餐廳

U0134601

序

　　在金山森林裡住了一群猴子族群，由於太接近人類，牠們的生活方式也起了變化，牠們開始在森林裡辦學，開設市集，建立自己的家庭。

　　小猴子會在人類專上學院學習人類知識，為將來可以溶入人類世界生活作準備。綠寶覺得學習人類知識很無聊，但他的朋友忌廉卻對人類十分感興趣，於是他們便一起到市區一看究竟，卻發現人類的食物十分新奇有趣，於是在森林裡自己做起來。

卡奇
2024

綠寶

「香蕉世家」的大哥，
性格率直穩重，
陽光男孩。

忌廉

性格和藹可親，
對人類生活十分感興趣，
常常幫助綠寶解決問題。

沙士

外表冷酷內心溫柔，
經常被人誤會。

七喜

綠寶的妹妹，
有點大小姐脾氣，
但很愛弟弟。

百事

綠寶的弟弟，
天真可愛，幻想力豐富。

哥喇

沙士的弟弟，
喜歡惡作劇。

白檸

百事的朋友，
很照顧身邊的人。

單元一

像人類般生活

在金山森林深處，有一班猴子族群……

金山郊野公園

8

人類購物時會用到膠袋……

不過膠袋對環境污染很大……

所以現在也流行用環保袋的……

呵欠一

真無聊……

為什麼我們要學人類知識啊？

當然是要溶入人類世界生活啦，綠寶！

是嗎？但我沒打算到人類世界生活啊！

因為我家已經有一世吃不完的香蕉！
根本不需要靠人類！

香蕉世家

吓……

一個城市發展就
將你家剷平啦！

到時你就真
的吃蕉了！

不說了！我要去曬太陽啊！

又發脾氣！

12

15

好啦！給你一隻吧！

多謝啊！

綠寶！我拿到香蕉了！

好味啊 ❤

話說你不是說用香蕉換錢嗎？

香蕉本身已經是食物啦！還換來幹嘛？

哈！對啊！

不過你真的很厲害！竟然不用錢就拿到香蕉回來！

我在人類學院不是白學的！

是嗎？

為了感謝你！我請你吃漢堡扒吖！

真的嗎？♡

不過不是在這裡吃，你來我家吧！

？♡

走吧！

等等我！

到了！

這是你家？很大的蕉林啊！

香蕉世家

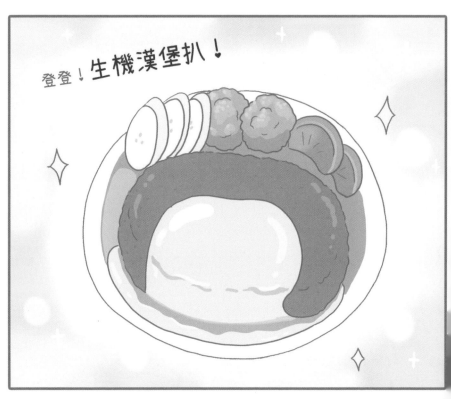

登登！生機漢堡扒！

嘩！真的是漢堡扒啊！

來！請慢用！

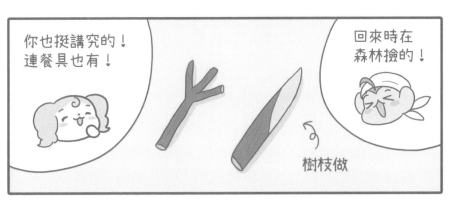

你也挺講究的！
連餐具也有！

回來時在
森林撿的！

樹枝做

那我不客氣了 ♥

嗯！

呀！

好味啊！我吃到很多水果味啊！

除了香蕉我還加入了**亞麻籽**和**杏仁**！

難怪這麼香啦！

將亞麻籽和杏仁磨成粉末……

加入香蕉混合……

亞麻籽吸收水份後就會成形……

最後加入不同的果乾就完成了！

那個醬汁呢？應該不只香蕉吧？

送給你！

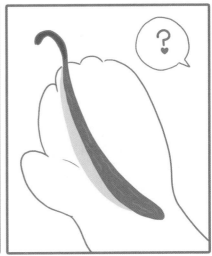

?♥

是甚麼來的？

你嗅一嗅就知道了！

單元二

金山茶餐廳

很好吃吧？是綠寶教我做的！

真的很好吃啊！

你在幹甚麼啊？

我做了漢堡扒你也試試吧！

身為猴子吃香蕉就好啦！

我也想學啊！可以教我嗎？

沒問題！

綠寶做人類料理好像很受歡迎……

如果我也做也會變得受歡迎呢！

綠寶同學
沙士

到時忌廉也會
跟我做朋友了！

沙士你很棒啊！

沙士！你要試嗎？

哼！真是無聊！

他應該沒興趣吧！

是呢……

嗚……我好想吃啊！

好啦！既然要做就要做最受歡迎的……

到底人類最愛吃甚麼呢？

粥、粉、麵、飯♡

也太普通了吧……

還有甚麼呢♡

現在也3點3了！
還說甚麼早安啊！

甚麼是3點3？

即是吃下午茶的時間啊！

下午茶！
我喜歡啊！

我要吃！我要吃！

停手啊！

你 好 煩 啊 ！

你的樣子這麼兇，小心沒有女生喜歡你啊！

是嗎？對不起啊！

你那有資格話我！一隻小雞雞！

難道我有很多女朋友又要跟你說麼？

吓？

你有女朋友？我才不相信啊！

不信的話我帶你去看看啦！
我就住在蛋仔農場！

蛋仔農場

真的很多小雞！

蛋仔！你回來了！

我們一起去玩啦！

去玩啦！

去玩啦！

38

39

應該怎樣做呢？

我要吃蛋撻！　蛋撻！　蛋撻！

如果牠們知道這是用雞蛋
做一定很傷心的……

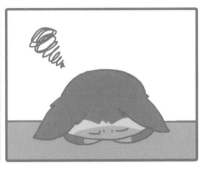

喂！沙士！
去打波嗎？

哦……好啊！

篤篤篤——

喔！你要做這個啊？

你跟來幹嘛？

我好奇囉！

這是甚麼啊？

這叫蛋撻！

有班小朋友說很想吃！

43

吓……

你是變態嗎？
問女生要奶！

不是啊！

啪！

喔……拿不到了……

你在幹甚麼！
給你害死了！

我的世界完蛋了……

只是做不成蛋撻而已！
幹嗎要哭啊！

你們要做蛋撻啊……
早說嘛……

進來吧……

奶有很多種,
不一定是動物奶!

對啊!我就是這樣說!

你沒有……

你有很多書啊!

都是用來研究人類的!

這邊是花園……

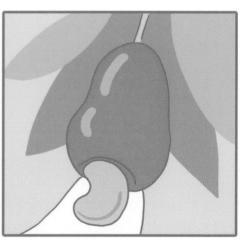

48

牠們是吃穀物的動物……

所以我用了飼料的
麥糠加水做外皮……

腰果加粟米做
（蛋漿）……

這樣小雞吃也沒問題了！

嘻！很健康啊！

猴子吃的也是不同口味！
快試試！

是椰子的味道！

連外皮也很香甜啊！
為什麼？

是椰棗啊！

是天然的加甜劑！

猴子喜歡吃甜食，所以我用了
杏仁和**椰棗**做外皮……

杏仁磨粉　　椰棗去核

椰青肉和腰果做「蛋漿」
（可加少許椰青水）

完成！

單元二
七喜的壽司飯盒

媽媽！明天學校野餐要帶飯盒啊！

你想吃甚麼啊？

綠寶媽媽

我想吃壽司！

綠寶妹妹
七喜

壽司啊？甚麼來的？

人類吃的那些！

白飯上面有塊魚那種啊！

你又不吃魚又不吃白飯 吃甚麼壽司啊？

我會吃的！

......

會請朋友吃的！

不要害朋友啊！

帶香蕉吧！

香蕉又好味又有營養啊！

嗚呀！不要！我要吃壽司！

多謝你6隻香蕉！

可以用來做壽司了！

不知會否成功的！

碎落一地——

不行啊！根本搓不成飯糰⋯⋯

⋯⋯

不如帶炒飯吧？

不行！一定要壽司啊！

我回來了！

綠寶你回來就對了！

妹妹想做壽司啊！你幫幫手吧！

哦……

怎樣啊？

不行了！

搓不到飯糰啊……

加點黏合的東西比較好，例如花生醬……

花生醬？

?

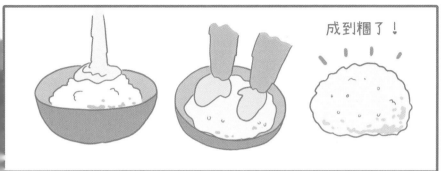

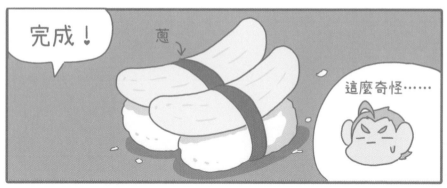

完成！

蔥

這麼奇怪……

哥哥你吃吖！

啊！

甚麼鬼啊……

不如我再去找些配料吧！

好啊！

吃壽司最起碼也是咸的吧？

咸的！

是那樣了！

金山大草地

我上次來見過的！

河邊應該是這裡了！

是河童？

？

你好啊……我是想買青瓜的……

哈？

你要多少香蕉啊？

吓？你不要啊？

Sushi！

你想我給你壽司啊？

嗯！

好啦！我明白了！

我做好拿給你吧！

Sushi！

Sushi！

Sushi！

是綠寶啊！

你有這麼多青瓜的？

是啊……

我想找關於壽司的書啊！你有嗎？

有啊！我拿給你吧！

哦……原來你妹妹想吃！

對！但我也未吃過！

剛剛那隻河童聽到壽司就很興奮！為什麼呢？

可能他也喜歡吃呢！

河童和壽司一樣都是來自日本的！

哦！真的有款壽司叫河童卷！

不過整壽司要用紫菜⋯⋯

我們又不近海怎做啊？

既然飯都可以用椰菜花代替了，那紫菜也可以吧！

有甚麼可以代替紫菜呢？

飲杯橙汁再想吧！

謝謝！

你的杯很有趣啊！

是用竹筒做的！

喔⋯⋯

69

好啦！麻煩你試味了！

還有這個啊！

接著

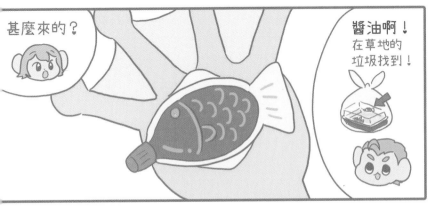

甚麼來的？

醬油啊！
在草地的
垃圾找到！

他好像
很喜歡！ 對啊！♥

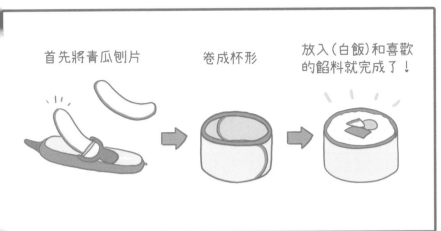

太好了七喜！你明天可以帶這個去野餐啦！

我不想只有青瓜，我喜歡吃不同口味的！

早知道啦！你看！

好靚啊！

石榴軍艦

甜椒壽司

牛油卷
（牛油果、芒果）

花之戀
（芒果、草莓）

三色卷
（牛油果、芒果、甘筍）

殘舊的飯盒

單元四
種菜BB班

喜歡掛在樹上，你們真有趣！

我喜歡高的地方！

高！

像大人一樣啊！

將來你們也會長高的！

可能比這棵樹還要高！

WOW！

嗚呀！

你還是直接升高吧！

小朋友真的要慢慢教……

種豆的第一天……

豆豆在水中睡了一晚已經變得肥嘟嘟了！

變了肥仔豆！

我的也變了！

豆豆……

我們將水隔出來，讓他們好好休息吧！

還要蓋好被子，不要讓太陽曬到！

第二天……

百事！你看！

你的豆豆長出尾巴了！

尾巴！

再多放一天就可以吃了！

吓？可以吃的？

對啊！這就是芽菜了！

哦！

原來是芽菜！

芽……菜……

我們來幫豆豆洗澡吧！

好！

第二天……

尾巴很長了！

可以吃了嗎？

可以了！

大家把芽菜倒出來吧！

百事！一起來吧！

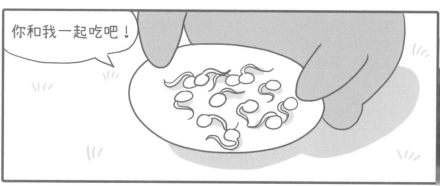

好像剛發芽的種子一樣有生命力……

你們看！

上次撒在地上的綠豆也發芽了！

真的耶！

生得很高啊！

為什麼和我們種的不同樣子的？

因為環境不同啊！

在陽光和泥土下種植的會長得又高又綠！

在陰暗和水種植就又肥又嫩！

那百事的芽菜再種下去會怎樣？

大樹！

哈哈！再過幾天就知道了！

就是會在瓶子裡打結了！

喔⋯⋯

不如我們用來做沙拉吧？

好！

你們幫忙選些水果過來吧！

我拿蘋果！

我最愛芒果了！

百事你那個是牛油果啊！

油油果……

好啦！老師負責切花吧！

98

單元五

自事生病了

我也要在家休息！ 你又沒發燒！

快點上學吧！

呀！

放心啦！傻瓜是不會病的！

我不是傻瓜啊！

不過七喜也是病過的！

她整晚在跳舞，比平時還精神！

我一點印象也沒有！

所以不用擔心百事啦！

我又沒有擔心他！

乞嗤！

哦……你弟弟病了！

BB生病很平常吧！

可能他要長高呢！

聽說人類生病會去看醫生的！

看醫生有用嗎？

他會看你的病況，然後開藥！

哦—

吃了藥就會康復，這本書是這樣說的！

給我看看！

怪醫小克

原來是這樣！

醫生醫人也很簡單吧！

這樣我也可以當醫生啦！

吓？

是啤酒和汽水樽啊？
有甚麼用啊？

用來做藥水啊！

在書中看到的藥水
是這樣的！

哦！也是呢！

這樣就可以做很多藥水啦！

哈哈哈！你放水進去啊？

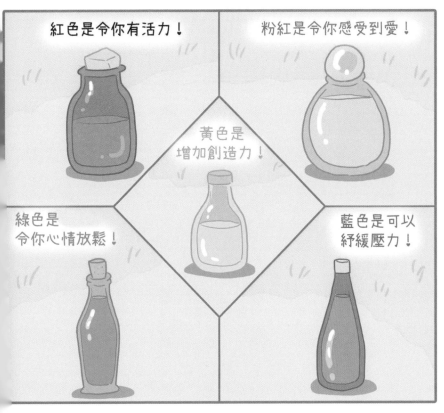

114

以前有個故事說天神用椰子醫好了一個村民讓他精力充沛！

122

123

他睡著了！

很快會康復啊！

還有很多椰子！不如我們也吃吧！

好啊！

我回來了！

你們在幹嘛呢？

哥啦！你在畫甚麼啊？

是漢堡包啊！你們有吃過嗎？

我哥哥懂得做蛋撻啊！

百事哥哥懂得做漢堡扒！

我哥哥最棒啊！

好吖！叫他們鬥過啦！

你們去哪？

找食材啊！很快回來！

他們找食材的方向完全不同……

樹底果然有這東西！
用來做漢堡最適合了！

沙士這邊已經在組合漢堡了！
真的很快啊！

哼！話明是快餐當然要快啦！

綠寶你在雕花嗎？
要看好時間啊！

做好了！

這是沙士特製
真菌香菇漢堡！

香菇
蕃茄
生菜
香菇

猴子當然喜歡吃水果啦！嗱！

你的！

其實只是改變了形態，那做其他東西也可以啦！

你可以這樣說！

不如我們用水果來拼圖畫吖？

好啊！

登登！蝴蝶和花花！

找出5個不同之處！

答案：

答案：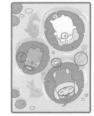

書　　　名	生森林餐廳
作　　　者	卡奇
責　任　編　輯	肥佬
校　　　對	Patty
出　　　版	格子有限公司
	香港荔枝角青山道 505 號通源工業大廈 7 樓 B 室
	Quire Limited
	Unit B, 7/F, Tong Yuen Factory Building,
	No.505 Castle Peak Road, Lai Chi Kok, Kowloon, Hong Kong
印　　　刷	嘉昱有限公司
	香港九龍新蒲崗大有街 26-28 號天虹大廈七樓
版　　　次	2024 年 7 月香港第一版第一次印刷
國　際　書　號	ISBN 978-988-70532-3-1